El pequeño héroe

F. M. DOSTOYEVSKI

El pequeño héroe

(De unas memorias desconocidas)

Traducción del ruso
de Juan Luis Abollado

Galaxia Gutenberg

Título de la edición original: *Маленький герой*
Traducción del ruso: Juan Luis Abollado

Publicado por
Galaxia Gutenberg, S.L.
Av. Diagonal, 361, 2.º 1.ª
08037-Barcelona
info@galaxiagutenberg.com
www.galaxiagutenberg.com

Primera edición: noviembre de 2025

© de la traducción: herederos de Juan Luis Abollado, 2025
© Galaxia Gutenberg, S.L., 2025

Preimpresión: Maria Garcia
Impresión y encuadernación: Romanyà-Valls
Plaça Verdaguer n.º 1, 08786-Capellades
Depósito legal: B 17951-2025
ISBN: 979-13-87605-82-7

Me faltaba poco para cumplir once años. En julio me mandaron a veranear a una aldea de las inmediaciones de Moscú, a la finca de un pariente mío llamado T...ov, donde se habían reunido unos cincuenta invitados, o puede que más: no lo sé de cierto, pues no los conté. Reinaban el bullicio y la alegría. Dijérase que la fiesta no tenía visos de acabar nunca y que el anfitrión hubiera jurado dilapidar cuanto antes su enorme fortuna, cosa que consiguió hace poco, corroborando aquella suposición, es decir, derrochándolo todo, hasta el último céntimo y la última prenda. A cada instante llegaban nuevos huéspedes. Como la ciudad de Moscú se encontraba a dos pasos, los que se marchaban no hacían sino ceder su puesto a otros, y aquel sarao se prolongaba sin cesar. Las diversiones se sucedían unas a otras, y no se les veía el fin: paseos a caballo por los alrededores en nutridos grupos; excursiones al bosque o por el río; meriendas en el campo; cenas en la espaciosa terraza de la mansión, engalanada con tres interminables guirnaldas, cuyas hermosas flores esparcían su aroma en el fresco aire de la noche, e iluminada profusamente, haciendo que nuestras damas, ya de por sí hermosas en su casi totalidad, parecieran aún más bellas con sus rostros encendidos por las impresiones del día, con sus ojos relumbrantes, con su gentil y armoniosa charla, entremezclada con sus risas sonoras, tintineantes como cascabeles; bailes, música, canciones. Si se encapotaba el cielo, se representaban cuadros vivos, se contaban chistes y adivinanzas y hasta se ponía en escena alguna obra. No faltaban recitadores, cuentistas y declamadores.

Algunos de los invitados aparecían en un claro primer plano. Excusado es decir que las hablillas y los chismes seguían su curso normal, ya que sin ellos no se sostendría el mundo y millones de seres morirían como moscas, víctimas del tedio. Pero como yo tenía once años no me fijaba en los personajes, pues tenía ocupada la mente en pensamientos bien distintos, y si algo observaba, no era todo, ni mucho menos. Fue posteriormente cuando hube de recordar algunas cosas de las allí ocurridas. Sólo la parte brillante de aquel espectáculo podía ser advertida por mis ojos de niño; y aquella festiva animación general, aquel esplendor, aquel bullicio, nunca vistos ni oídos por mí, me impresionaron tanto que, en los primeros días, me dejaron completamente aturdido, y mi pequeña cabeza sentía vértigos.

Con mis once años, yo era, naturalmente, un chiquillo, nada más que un chiquillo, y muchas de aquellas hermosas señoras, al acariciarme, ni siquiera se interesaban por mi edad. Pero, ¡cosa extraña!, una sensación incomprensible se apoderaba de mí; algo desconocido, y ni siquiera imaginado, pasaba por mi corazón. Mas ¿por qué, a veces, me ardía y me palpitaba como atemorizado, y por qué se me coloreaba el rostro con un rubor inesperado? Había momentos en que me avergonzaba y hasta me enojaba de mis privilegios infantiles. En otras ocasiones, parecía ser la sorpresa la que me dominaba, y entonces me iba a donde no pudieran verme, como para tomar aliento y recordar algo que hasta entonces creía guardar muy bien en la memoria y que acababa de olvidar, pero sin lo cual no podía presentarme en ningún sitio ni arreglármelas en modo alguno.

Finalmente, se me ocurría que había ocultado algo a todo el mundo, mas no se lo decía a nadie porque, como un chiquillo que era, me sentía avergonzado y a punto de llorar. A poco tardar llegué a percibir una sensación de soledad en medio del torbellino que me circundaba. Había allí otros niños, pero todos eran mucho más pequeños o mucho mayores que yo; y, además, no estaba yo para niños. Evidentemente, nada me hubiera sucedido de no encontrarme en una situación excepcional. A los ojos de aquellas hermosas señoras, yo seguía siendo una criatura pequeña e indeterminada, a la que gustaban de acariciar a veces y con la que podían jugar como con una muñeca. Sobre todo, una encantadora rubia, de exuberante y espesa cabellera, como jamás había visto yo, y seguramente nunca veré, parecía haber hecho juramento de no dejarme en paz. Las risas que resonaban en derredor nuestro, y que ella suscitaba a cada instante con las desatinadas y bruscas bromas que me gastaba, las cuales, por lo visto, le proporcionaban sumo placer, a mí me aturdían, y a ella la alegraban. A buen seguro que en los institutos en que estudió, y entre sus amigas, debían llamarla «la Colegiala». Maravillosamente bella, había en su hermosura algo que saltaba a la vista. Por supuesto, no se asemejaba a las pequeñas y pudorosas rubitas, níveas como el plumón y delicadas como ratoncitos blancos o como rositas de pitiminí. No muy alta de estatura, y más bien tirando a gruesa, tenía, sin embargo, unos rasgos faciales finísimos, maravillosamente trazados. Había en aquella carita algo que resplandecía al modo de un relámpago, y toda ella era como el fuego, diligente, vivaracha, grácil. Sus grandes ojos, muy abiertos, parecían despedir chispas. Refulgían como diamantes, y jamás hubiera yo cambiado aquellas pupilas azules y centelleantes por unos ojos negros, ni siquiera por los más azabaches de Andalucía, pues mi rubita podía parangonarse con aquella morena a la que cantó un famoso y consumado poeta que en tan bellas estrofas juró por toda Castilla estar dispuesto a quebrantarse los huesos con tal de que se le permitiera rozar con la punta de un dedo la mantilla de su dama. Por añadidura, mi linda rubia era la más jovial de todas las bellas del mundo, risueña como no hay idea y traviesa como una chicuela, aunque llevaba ya cinco años casada. La risa no se borraba nunca de sus labios, lozanos cual capullo mañanero que acabase de abrir sus pétalos al conjuro de los primeros rayos del sol, mostrando su encarnado y fragante cáliz en el que aún no se habían secado las frías perlas del rocío.

Al día siguiente de mi llegada se organizó una función de teatro. El salón estaba de bote en bote, como suele decirse. No quedaba un sitio libre, y como yo me retrasé un poco, por no recuerdo qué razón, tuve que presenciar el espectáculo de pie. Pero la obra, muy divertida, me fue arrastrando hacia delante, y, sin darme cuenta yo mismo, me abrí paso hasta las primeras filas, donde me detuve, por fin, apoyado en el respaldo del sillón que ocupaba una dama. Era mi rubita, pero aún no nos conocíamos.

Insensiblemente me quedé fijo en sus redondos y maravillosos hombros, incitantes y blancos como la espuma de la leche, aunque, en verdad, me era indiferente mirar unos cautivadores hombros femeninos o el sombrerito adornado con cintas color de fuego que cubría las canas de una venerable señora de la primera fila. Junto a mi rubia estaba sentada una solterona de esas que, según tuve oportunidad de comprobar posteriormente, procuran siempre colocarse lo más cerca posible de las que son jóvenes y bonitas, eligiendo a las que no gustan de alejar de sí a los jóvenes caballeros. Mas esto carece de importancia; el caso es que la solterona, al notar mi contemplativa mirada, inclinó la cabeza hacia su vecina y, con una risilla, susurró algo a su oído. La rubia se tornó súbitamente hacia mí, y recuerdo que sus ojos de fuego resplandecieron de tal modo en la penumbra, que yo, desprevenido para afrontar aquella mirada, me estremecí como al contacto de un ascua. La bella dama sonrió.

–¿Le gusta la función? –me preguntó, clavando en mis ojos su mirada pícara y burlona.

–Sí, mucho –respondí, y continué contemplándola como admirado, cosa que, a su vez, pareció agradarle.

–¿Y por qué está usted de pie? Puede cansarse. ¿Es que no tiene sitio?

–No, señora, no tengo –contesté, más preocupado esta vez por dominar mi emoción que por los relumbrantes ojos de la hermosa rubia, y contentísimo de haber hallado, por fin, un corazón amable al que confiar mi inquietud–. He estado buscando, pero todos los asientos están ocupados –añadí, como lamentándome de tal circunstancia.

–Pues vente aquí –me propuso al instante, tan rápida en sus decisiones como resuelta a poner en práctica cualquier idea desatinada que se gestase en su frívola cabeza–. Ven y siéntate en mis rodillas.

–¿En sus rodillas? –repetí, perplejo, las últimas palabras de ella.

He dicho ya que mis privilegios infantiles comenzaban a enojarme y zaherirme. Pero la señora en cuestión, cual si se riera de mí, había llegado más lejos que ninguna otra. Por añadidura, yo, que siempre había sido tímido y vergonzoso, comenzaba por aquel entonces a sentirme mucho más cohibido ante las mujeres. De ahí que me azorase terriblemente.

—Sí, hombre, en mis rodillas. ¿Por qué no quieres sentarte en ellas? —insistió, riéndose cada vez más fuerte, hasta que su risa se convirtió en carcajada, Dios sabría por qué; acaso porque la regocijaba verme tan confuso ante su ocurrencia. Pero eso era lo que ella buscaba.

Enrojecí, aturdido, y miré alrededor, como buscando refugio; pero ella, adelantándose a mi intención, me agarró de la mano para impedir que me marchase, y de la manera más inesperada, y con gran asombro por mi parte, me la apretó entre sus traviesos y ardientes dedos, haciéndome tanto daño en los míos que hube de apelar a los mayores esfuerzos para no gritar, pero hice unas muecas divertidísimas. Además, me causaba un asombro y una perplejidad sin límites (yo diría que hasta profundo horror) descubrir que había señoras tan bromistas y tan malvadas, que, a más de proponer tales tonterías a un chiquillo, daban unos pellizcos tan dolorosos, Dios sabe por qué motivo y en presencia de todos. Es probable que mi desdichado semblante trasluciera mi estupefacción, porque la traviesa rubia se reía como una loca en mis propias narices, sin dejar por ello de apretar y pellizcar mis pobres dedos con fuerza cada vez mayor. No cabía en sí de júbilo por la ocasión que se le había presentado de hacer una travesura de colegiala, de aturdir a un chico inocente y anonadarlo. Mi situación era desesperada; me moría de vergüenza, pues todas las personas cercanas se tornaron hacia nosotros, las unas extrañadas, y las otras riendo al darse cuenta de que se trataba de alguna diablura de la linda rubia; y, además, yo estaba a punto de lanzar un grito, pues ella me estrujaba los dedos con crueldad, precisamente porque no gritaba; pero había decidido, como un espartano, aguantar el dolor para no provocar un alboroto que no sabía qué consecuencias podría acarrearme. En un arrebato de desesperación, inicié la lucha y me puse a tirar de mi mano para liberarla, pero la tirana era mucho más fuerte que yo. A la postre, incapaz de resistir, grité. ¡Era lo que ella esperaba! En un santiamén me soltó la mano y me volvió la espalda como si tal cosa, ni más ni menos que si no hubiera sido ella la enredadora, sino cualquier otra, enteramente como el colegial que, no bien vuelve la cabeza el maestro, ya ha cometido una trastada, pellizcando a algún compañero pequeño y débil, o atizándole un papirotazo o un puntapié, o un codazo, para luego, en un abrir y cerrar de ojos, dar la vuelta, quedarse muy quietecito, hundir la frente en el libro y fingir estar empollando su lección, de suerte que deja con dos palmos de narices al encolerizado profesor, que acude con celeridad de gavilán al oír el ruido.

Por fortuna para mí, la atención de la sala estaba embargada en aquel instante por la magistral actuación de nuestro anfitrión, que desempeñaba en la comedia el papel principal. La sala prorrumpió en aplausos, y yo, aprovechándome del ruido, hui de la primera fila al otro extremo, desde donde, oculto tras una columna, me quedé mirando al sitio ocupado por la pérfida beldad, que aún seguía riéndose, con el pañuelo en la boca. Estuvo un buen rato mirando hacia atrás, a ver si me encontraba en algún rincón, probablemente muy pesarosa de que nuestra absurda pelea hubiera terminado tan pronto, y acaso ideando alguna nueva travesura.

Así comenzó nuestro conocimiento, y a partir de aquella tarde ella no me dejaba ni a sol ni a sombra: me perseguía sin mesura ni conciencia, llegando a convertirse en una tirana que no me daba sosiego. Toda la gracia de sus bromas se reducía a fingirse locamente enamorada de mí y a tomarme el pelo delante de todo el mundo. Como es de suponer, tales bromas mortificaban infinitamente a un muchacho tan retraído como yo, de suerte que me puso varias veces en un trance tan desairado y crítico, que estuve a punto de emprenderla a puñetazos con mi fingida admiradora. Mi cándida turbación y mi desesperada angustia parecían darle alas para seguir persiguiéndome. Ni ella me daba cuartel, ni yo sabía dónde guarecerme de sus burlas. Las risas que resonaban alrededor, y que ella suscitaba con tanta destreza, no hacían sino incitarla a nuevas burlas, hasta que, por último, los invitados comenzaron a considerar sus bromas osadas en demasía. Hoy, al recordarlo, no puedo por menos de creer que se propasaba con un niño como yo.

Pero así era su temperamento: el de una niña mimada en todo y por todos. Supe después que quien más la mimaba era su marido, un hombrecillo rechoncho, bajito y coloradote, muy rico y muy diligente, al menos en apariencia. Versátil e inquieto, no podía permanecer dos horas seguidas en el mismo sitio. No pasaba día sin que fuese desde la finca a Moscú una o dos veces, y siempre, según él, por asuntos de negocios. No hubiera sido fácil encontrar una fisonomía más jovial y bonachona que la de su rostro, cómico y grave al mismo tiempo. Sería poco decir que el amor por su esposa rayaba en debilidad y hasta en enternecimiento: sencillamente, la adoraba como a una diosa.

En nada la contrariaba. Ella tenía infinidad de amigos y amigas: ante todo, porque era rara la persona que, conociéndola, no le entregaba sus simpatías; y, además, porque ella misma no era demasiado exigente en la elección de sus amistades, aunque su carácter fuese, en el fondo, mucho más serio de lo que pudiera suponerse por los detalles que he referido. Pero entre todas sus amigas distinguía con un afecto muy especial a una señora joven, parienta lejana suya, que también estaba allí como invitada. Las unía una amistad íntima y delicada, uno de esos vínculos que suelen existir entre dos caracteres totalmente opuestos, pero uno de los cuales es más austero, más profundo, más puro, mientras que el otro, con excelsa resignación y con un noble sentido de su propio valor, se le supedita amorosamente, percatándose de su superioridad y depositando en el propio corazón aquella amistad como quien deposita un tesoro de felicidad. Es entonces cuando nace una dulce y generosa ternura en las relaciones entre tales caracteres: de un lado, amor y condescendencia infinita; de otro, un respeto lindante con el temor, con el miedo a desmerecer ante los ojos de la persona a quien se tiene en tan alto aprecio y con el ansia de aproximarse más y más al corazón de ella, a cada paso que se da en la vida. Aunque tenían la misma edad, había entre las dos una diferencia inmensa, empezando por la belleza. Madame M. era también muy guapa, pero su hermosura encerraba algo muy particular, que la distinguía radicalmente de las otras mujeres hermosas. Había en su semblante un algo inexplicable que le atraía con fuerza irresistible las simpatías generales o, por mejor decir, suscitaba un afecto noble y puro en los corazones de quienes la contemplaban. Hay caras que poseen tan feliz virtud. En presencia de madame M. sentíanse todos más a gusto, como más libres y confortados; y, sin embargo, sus grandes ojos melancólicos, pletóricos de fuego y de energía, miraban con inquieto recato, como cohibidos por el constante temor a algo hostil y grave, y aquella enigmática timidez ensombrecía a menudo sus apacibles y candorosas facciones, muy semejantes a los radiantes rostros de las madonas italianas, de tal modo que su contemplación generaba en uno mismo igual pesar que el que le produciría una pena propia. En aquel rostro pálido y demacrado, a través de la impecable perfección de unos rasgos puros y correctos, y de la dolorosa gravedad de una tristeza sorda y oculta, se transparentaba muy a menudo el prístino y resplandeciente semblante infantil, la imagen de los años de candidez, todavía no lejanos, y acaso de una dicha ingenua. Aquella sonrisa plácida, pero tímida e indecisa, impresionaba tanto y despertaba tan irresistible simpatía hacia aquella criatura, que en todos los corazones hacía germinar instintivamente una preocupación ardorosa y grata, que aun de lejos abogaba por ella e impulsaba a amarla, sin conocerla siquiera. Pero la hermosa señora parecía taciturna y retraída, aunque, evidentemente, no había criatura más solícita ni más cariñosa que ella cuando alguien estaba necesitado de afecto. Hay mujeres que son como hermanas de la caridad a lo largo de su vida. A ellas no podemos ocultarles nada, o al menos, nada que haya en nuestra alma de doloroso y de lacerado. Quien sufra, que acuda ante ellas lleno de confianza y de fe, sin temor a ser inoportuno, porque pocos de nosotros nos hacemos cargo de la inmensidad de amor paciente, de piedad y de conmiseración que atesoran algunos corazones femeninos. Fabulosos caudales de simpatía, de consuelo y de esperanza se guardan en estos corazones puros, y a menudo también lacerados, porque el corazón que mucho ama, mucho sufre; pero sus heridas están celosamente ocultas a la curiosidad, porque las penas profundas permanecen calladas y escondidas las más de las veces. A tales personas no las arredra ni la profundidad de la llaga, ni su inflamación, ni su virulencia: quien a estas criaturas acude ya es, por ese solo hecho, digno de ellas. Y ellas mismas parecen haber nacido para el sacrificio... Madame M. era alta, ágil y esbelta, pero un tanto delgada; sus movimientos, desiguales: tan pronto lentos y pausados, e incluso graves, como de una ligereza infantil; y sus gestos denotaban una resignada mansedumbre, algo así como una inquietud anhelante e indefensa, que, sin embargo, no implora protección.

Según dije antes, las vituperables burlas de la pérfida rubia me llenaban de vergüenza, me anonadaban y me zaherían hasta hacerme sangrar el corazón. Había, para ello, otro motivo oculto, peregrino y estúpido, que yo mantenía en secreto, que me hacía temblar como un azogado y que, al pensar en él, a solas con mi trastornada mente, en algún rincón oscuro y recogido, inaccesible a la inquisitorial y socarrona mirada de cualquier diablilla de ojos azules, me cortaba el aliento de pura turbación, de bochorno y de temor. En una palabra, estaba enamorado. Admitamos que acabo de decir una estupidez, que aquello era imposible, pero ¿por qué, entre todas las caras que veía, una sola impresionaba mi ánimo? ¿A qué se debía que me complaciera en admirarla, aunque por aquella época me era de todo punto indiferente contemplar a las mujeres y trabar conocimiento con ellas? Esto me sucedía más que nunca por las noches, cuando lo desapacible del tiempo congregaba a todos los invitados en los salones, y yo, oculto en algún rincón, me ponía a mirar sin objeto a todas partes, falto de otra ocupación, pues, salvo mis perseguidoras, pocas eran las personas que hablaban conmigo, y durante aquellas veladas me invadía un tedio irresistible. En tales ocasiones, pasaba revista a los presentes, oía sus conversaciones, sin entender palabra muchas veces, y era entonces cuando los apacibles ojos, la tímida sonrisa y el hermoso rostro de madame M. (objeto de mis preocupaciones) cautivaban mi atención, Dios sabría por qué, y ya no se me iba de la mente aquella impresión extraña, incierta, pero de inefable dulzura. A menudo me pasaba horas enteras sin apartar los ojos de ella; me sabía de memoria cada gesto y cada movimiento suyo, permanecía atento a cada vibración de su voz argentina, aunque algo velada, y, ¡cosa extraña!, de todas mis observaciones saqué, junto con una tímida y dulce impresión, una curiosidad de todo punto inexplicable. Dijérase que me había empeñado en descubrir no sé qué secreto.

Lo que más me mortificaba eran las burlas en presencia de madame M. que, unidas a la cómica persecución de que me hacía objeto, constituían, en mi concepto, una humillación para mí. Cuando resonaba una risotada general a mi costa, en la que hasta madame M. tomaba parte, a veces involuntariamente, yo, desesperado y furioso de dolor, huía de mis inquisidoras y me recluía en el piso de arriba, donde permanecía retraído el resto del día sin atreverme a bajar al salón. Bien es cierto que yo mismo no acertaba a interpretar ni mi vergüenza ni mi emoción, pues todo el proceso transcurría inconscientemente en mi interior. Aún no había intercambiado con madame M. ni dos palabras, y, por supuesto, no hubiera osado hacerlo. Pero he aquí que una tarde, después de un día de lo más ingrato para mí, me quedé retrasado de los demás durante el paseo y, por estar terriblemente rendido, me dirigía a la casa atravesando el jardín, cuando descubrí a madame M. sentada en un banco de una solitaria avenida. Estaba sola, y parecía haber escogido a propósito aquel apartado lugar. Con la cabeza inclinada sobre el pecho, sus dedos estrujaban el pañuelo que tenía en las manos. Era tal su ensimismamiento, que ni siquiera se dio cuenta de mi proximidad.

Al descubrirme allí se levantó rápidamente de su asiento, me volvió la espalda, y pude observar cómo se enjugaba a toda prisa los ojos con el pañuelo. Estaba llorando. Tras limpiarse las lágrimas, me sonrió y me acompañó hasta la casa. No recuerdo de qué hablamos; lo que sí recuerdo es que durante el trayecto procuró siempre apartarme de ella recurriendo a pretextos diversos: tan pronto me pedía que le cortara una flor como que mirase a ver quién era el que pasaba a caballo por la avenida vecina. Y cuando yo me apartaba, ella se llevaba el pañuelo a los ojos para enjugarse las rebeldes lágrimas que, lejos de agotarse, hervían en su corazón para asomarse luego a sus pobres ojos. Comprendí que mi presencia la agobiaba, puesto que procuraba alejarme tan a menudo; y ella misma advirtió que yo me había dado cuenta de todo, pero era incapaz de reprimirse, lo cual aumentaba mi pena por ella. Me enojé conmigo mismo y me maldije mil veces por mi torpeza y mi falta de ingenio, mas no por ello encontré una manera acertada de retirarme sin darle a entender que me había percatado de su penosa situación; por el contrario, seguí a su lado, sorprendido, triste, hasta atemorizado, todo confuso y sin atinar con una palabra que animase nuestra desvaída conversación.

Me impresionó tanto aquel encuentro, que estuve toda la velada vigilando con ávida curiosidad a madame M., sin quitarle la vista de encima, aunque siempre a hurtadillas. Pero sucedieron las cosas de modo que por dos veces me sorprendió vigilándola, y a la segunda me sonrió. Fue su única sonrisa aquella noche. De su rostro, muy pálido, no desaparecía la expresión de tristeza. Mantuvo durante casi todo el tiempo una discreta conversación con una señora entrada en años, una vieja cascarrabias que se había hecho antipática a todos por su fisgoneo y sus chismes, pero a la que todos temían y, por consiguiente, estaban obligados a rendirle pleitesía, quieras que no.

A eso de las diez llegó el marido de madame M. Hasta entonces había estado yo observándola con fijeza, sin apartar la vista de su melancólico semblante; pero ahora, ante la inopinada aparición de su marido, la vi estremecerse, y su cara, ya pálida de por sí, se tornó más blanca que su pañuelo. Fue algo tan visible, que a nadie se le pasó por alto: a poca distancia de mí tuve ocasión de oír fragmentos de un diálogo, del que deduje que la infeliz madame M. no llevaba una vida muy envidiable. Decíase que su marido era celoso como un moro, y no por amor, sino por egoísmo. Era, ante todo, un europeo, un hombre de la época, contagiado de las ideas modernas, de las que blasonaba. Moreno, alto y recio, con patillas a la europea y cara ufana y oronda, tenía una dentadura más blanca que el azúcar y el porte irreprochable de un *gentleman*. Se le tenía por *hombre inteligente*. Es éste el nombre que en ciertos círculos se da a un tipo especial de individuos cebados a costa de los demás, que no hacen nada, que no quieren hacer nada y que, en virtud de su constante ociosidad y holganza, acaban llevando por corazón un trozo de manteca. Sin embargo, les oye uno decir a cada momento que no pueden hacer nada a causa de ciertas circunstancias intrincadas y adversas que «matan su genio», razón por la cual ofrecen un «triste aspecto». Es la frase ampulosa, el *mot d'ordre*, el estribillo y la consigna que estos rollizos caballeros van soltando a trochemoche y que hace tiempo ha comenzado ya a empalagar como tartufismo manifiesto y como palabrería vana. Dicho sea de paso, algunos de estos parásitos, que no pueden encontrar en modo alguno ocupación −no la han buscado nunca, por cierto−, lo que pretenden es hacer creer que no llevan un trozo de manteca por corazón, sino que, muy al contrario, lo que llevan es algo *muy profundo;* pero qué es lo que llevan no podría decirlo ni el mejor cirujano, y no podría decirlo por cortesía. Estos caballeros se abren paso en el mundo dedicando todos sus instintos a la maledicencia grosera, a la crítica miope y a la presunción más desmedida, de suerte que no les queda otra cosa que hacer sino descubrir y proclamar los defectos y los yerros del prójimo, y como atesoran tanta bondad como una ostra, no les es difícil, contando con medios tan eficaces, vivir entre la gente muy a su sabor, de lo que se jactan sobremanera. Están, por ejemplo, casi convencidos de que tienen medio mundo en el bolsillo y de que este medio mundo ha de servirles de zurrón en caso de necesidad; de que todos, excepto ellos, son unos mentecatos; de que los demás vienen a ser como una naranja o como una esponja, que se exprimen mientras se necesita el jugo; de que ellos son los dueños del mundo, y de que este laudable orden de cosas se sustenta sobre ellos, hombres tan talentudos e importantes. Llevados de su inmenso orgullo, no ven en sí mismos defecto alguno. Se asemejan a esos pícaros, Tartufos y Falstaffs natos, que, a fuerza de engañar a los demás, acaban por creer sus propias mentiras y por vivir para la superchería; han asegurado tantas veces ser personas honestas, que han terminado creyéndose que lo son, en efecto, y que el engaño está dentro de la honradez. El concienzudo examen interno y la autovaloración noble les vienen grandes, pues, para ciertas cosas, estos caballeros son demasiado gordos. Promueven siempre a primer plano su áurea humanidad, su Moloch y su Baal, su soberbio yo. La naturaleza toda, el mundo entero, no constituyen para ellos sino un magnífico espejo creado con el solo objeto de que su minúsculo dios los admire sin cesar y no vea a nadie fuera de su propia persona. Así, pues, nada tiene de extraño que todos los fenómenos del mundo se les aparezcan en forma tan adulterada. Para todos los casos tienen una frase hecha, que, dicho sea en honor de su suprema habilidad, es la frase más de moda. Ellos mismos contribuyen a la moda, difundiendo a los cuatro vientos aquella idea cuyo triunfo intuyen. Poseen el instinto de ventear la frase que ha de estar en boga y el de captarla antes que nadie, de suerte que luego se hacen pasar por sus creadores. Y llevan una provisión particularmente copiosa de latiguillos que expresan su profunda simpatía por la humanidad, que definen del modo más certero y racional la filantropía y que, por último, fustigan sin interrupción el romanticismo, es decir, aquello que suele ser lo más bello y elevado, cada átomo de lo cual vale mucho más que toda su viscosa generación. Pero, con grosera insolencia, rechazan la verdad en su forma alterada, transitoria e inmatura, y reniegan de todo cuanto se halla en germen, en estado de insolidez y de gestación. Quien vive en el hartazgo, quien se ha pasado la existencia en continua diversión, con todo a pedir de boca, y sin hacer nada, por añadidura, ignora cuán difícil es realizar cada cosa, y por eso, ¡ay de quien se atreva a rozar sus adiposos sentimientos! Jamás se lo perdonará, lo guardará siempre en la memoria y tomará venganza con deleite. En resumen, viene a resultar que nuestro héroe no es sino un globo gigantesco, inflado hasta más no poder y lleno de sentencias, de frases en boga y de etiquetas de todos los géneros y colores.

Pero monsieur M. reunía ciertas peculiaridades que hacían de él una persona notable: locuaz, ingenioso y buen narrador, lograba siempre congregar un corro en torno suyo; y durante aquella velada consiguió producir efecto. No tardó en llevar la batuta de la conversación. Estaba en vena, alegre, jovial, e hizo que las miradas convergieran en él. Sin embargo, madame M. se mostró casi todo el tiempo como indispuesta; tenía un semblante tan triste, que la creí a punto de que las lágrimas volvieran a brillar en sus largas pestañas en cualquier momento. Todo esto, según dije anteriormente, me impresionó y me maravilló sobremanera. Me retiré extrañamente intrigado, y me pasé toda la noche soñando con monsieur M., aunque hasta entonces nunca había padecido pesadillas.

A la mañana siguiente, muy temprano, me llamaron para que acudiese a los ensayos de unos cuadros vivos en los que se me había confiado un papel. Los cuadros, una función de teatro y un baile final, todo ello en una misma velada, habían de celebrarse cinco o seis días después para festejar el cumpleaños de la hija menor de nuestro anfitrión. A este acto, casi improvisado, habían sido invitadas unas cien personas más de Moscú y de las casas veraniegas de los alrededores, de modo que los preparativos acarreaban mucho ajetreo, muchas preocupaciones y mucho barullo. Los ensayos, o, por mejor decir, el examen de los trajes, se habían fijado para horas intempestivas de la mañana, porque el director de escena, que era el ilustre pintor R., amigo y huésped del dueño de la mansión, y que, por deferencia para con éste, había aceptado componer y escenificar los cuadros, así como dirigir nuestro ensayo, tenía prisa por ir a la ciudad a fin de adquirir una serie de accesorios con vistas a la preparación definitiva de la fiesta. Así pues, no podíamos perder tiempo. Yo había de tomar parte en un cuadro con madame M. Era una escena de la Edad Media, titulada *La dueña del castillo y su paje.*

Al coincidir con madame M. en el ensayo, me embargó un azoramiento indecible. Creí que ella leería en mis ojos todos los pensamientos, las dudas y las conjeturas que habían germinado en mi cerebro la tarde anterior. Además, me sentía como culpable por haberla sorprendido llorando y por haberla importunado en un momento de angustia, por lo cual suponía que habría de mirarme con malos ojos, como se mira a un testigo importuno, a un intruso en los secretos del alma. No obstante, gracias a Dios, todo se arregló sin complicaciones: nadie se fijó en mí. Ella, al parecer, no estaba para reparar en mí ni para preocuparse del ensayo: se la veía distraída, melancólica y sumida en una lúgubre meditación; no cabía duda de que una gran inquietud la atormentaba. Terminado mi ensayo, corrí a mudarme de ropa, y a los diez minutos salí a la terraza que daba al jardín. Casi en el mismo instante salió por otra puerta madame M., cuando, precisamente por el lado opuesto, apareció su autosatisfecho marido, que regresaba por el jardín después de haber acompañado a un grupo de damas hasta confiarlas a los cuidados de algún ocioso *cavalier servant*. El encuentro de los esposos había sido, sin duda, inesperado. Madame M. se turbó, y sus impacientes ademanes denotaron cierto disgusto. El marido, que venía silbando despreocupadamente un aria y alisándose, con expresión muy seria, sus largas patillas, frunció el ceño al encontrarse con su mujer y se quedó mirándola, según recuerdo ahora, con ojos de inquisidor.

–¿Va usted al jardín? –le preguntó al darse cuenta de que llevaba una sombrilla en la mano.

–No, al bosque –respondió la esposa, ruborizándose ligeramente.

–¿Sola?

–No, con él –dijo ella señalando hacia mí–. Por la mañana salgo de paseo sola –agregó con voz entrecortada e incierta, propia de quien miente por primera vez en su vida.

–Hum… Pues yo acabo de acompañar allí a toda una pandilla. Se han reunido en el velador de las flores para despedir a N. Ya sabrá usted que se marcha… No sé qué desgracia le ha ocurrido allá, en Odesa… Su prima –se refería a la rubia– ríe y está a punto de llorar al mismo tiempo. No hay quien la entienda. Por cierto, que me ha contado que usted está enfadada con N. no sé por qué, y que a eso se debe que no haya usted ido a despedirle. De fijo que será un infundio.

–Una de tantas bromas suyas –repuso madame M. mientras descendía por la escalerilla de la terraza.

–¿De modo que éste es su *cavalier servant* de todos los días? –inquirió monsieur M., haciendo una mueca y enfocándome con el monóculo.

–¡Su paje! –exclamé, enfadado por lo del monóculo y por la sorna con que habló; y, soltándole una risotada en su propia cara, salté de una vez tres peldaños de la terraza.

–Buen viaje –refunfuñó monsieur M., y siguió su camino. Como es de suponer, desde el momento en que la señora señaló hacia mí, presentándome a su marido, yo me acerqué a ella e hice como si hubiéramos convenido en vernos desde hacía una hora y como si llevase ya un mes entero acompañándola en sus paseos matutinos. Ahora bien: lo que no pude comprender fue por qué ella se azoró y se desconcertó tanto, ni cuál sería el motivo que la indujo a recurrir a aquella mentira. ¿Por qué no dijo, sencillamente, que iba de paseo sola? Yo no sabía ya cómo mirarla a la cara; mas, pese a mi profunda sorpresa, me puse a mirarla a hurtadillas de la manera más ingenua. Sin embargo, igual que una hora antes, cuando estábamos en el ensayo, no reparó en mis miradas ni en mis tácitas preguntas. En su semblante, en su agitación y en sus andares se traslucía la misma inquietud torturadora, sólo que con más nitidez que antes. Denotaba prisa, pues iba acelerando el paso y avizorando, nerviosa, todas las avenidas y los senderos del bosque, sin dejar de volver la cabeza hacia el jardín. Yo también me puse a la expectativa. De pronto se oyó tras nosotros un repiquetear de cascos. Era toda una cabalgata de jinetes y amazonas que iban a acompañar a N., el que tan inopinadamente nos abandonaba.

Iba entre ellos mi rubia, a la que se había referido monsieur M. diciendo que había estado a punto de llorar. Según era habitual en ella, iba riéndose como una chiquilla, trotando en un magnífico caballo bayo. Cuando nos alcanzaron, N. se quitó el sombrero, mas no se detuvo ni dijo una sola palabra a madame M. A poco tardar, todo el tropel desapareció de nuestra vista. Volví la cabeza hacia la señora y me faltó poco para prorrumpir en un grito de asombro: pálida como la cera, de sus ojos caían gruesos lagrimones. Nuestras miradas se encontraron: madame M. enrojeció, esquivó mi vista por un instante, con la inquietud y el fastidio retratados en el rostro. En aquel momento yo le era más molesto aún que la tarde anterior. La cosa estaba clarísima, pero ¿dónde meterme?

De pronto, la señora, como quien ha encontrado una solución, abrió el libro que llevaba, se ruborizó, y, esforzándose visiblemente por no mirarme, dijo, cual si acabase de descubrir una equivocación:

–¡Ay, pero si es el segundo tomo! ¡Qué cabeza la mía! Mira, haz el favor de traerme el primero.

A buen entendedor… Mi papel había terminado, y era imposible despedirme por vía más expeditiva.

Eché a correr con su libro y no volví. El primer tomo se quedó esperando aquella mañana encima de la mesa…

Pero yo estaba fuera de mí. El corazón me latía como presa de continua zozobra. Puse el máximo cuidado para no tropezarme con madame M. En cambio, estuve observando intrigadísimo la satisfecha persona de monsieur M., ni más ni menos que si en él debiera ocultarse algo muy particular. No acierto a entender a qué se debía mi cómica curiosidad; recuerdo tan sólo que lo que había presenciado aquella mañana me tenía sumido en una peregrina estupefacción. Pero mi jornada no hacía sino comenzar, y aquel día había de ser abundante en acontecimientos para mí.

Almorzamos muy temprano: para la tarde estaba proyectada una excursión a una aldea vecina, donde había de celebrarse una festividad, y por eso necesitábamos tiempo para prepararnos. Yo llevaba ya tres días soñando con la excursión, en la que me las prometía muy felices. Casi todos los invitados se reunieron a tomar el café en la terraza. Yo seguí sigilosamente a los demás y me oculté tras una triple hilera de sillas. La curiosidad me incitaba, pero por nada del mundo quería aparecer ante madame M. Sin embargo, la casualidad dispuso que fuese a caer en las proximidades de la impertinente rubia. Algo milagroso, rayano en lo imposible, le había ocurrido aquel día: estaba mucho más guapa que nunca. No concibo cómo suceden tales cosas, pero los prodigios de este estilo son frecuentes en las mujeres. Había entre nosotros un nuevo huésped, alto, pálido, joven, admirador epistolar de nuestra rubia. Acababa de llegar de Moscú, como a propósito para reemplazar a N., de quien se rumoreaba que moría de amor por nuestra beldad. En lo que respecta al nuevo huésped, hacía ya tiempo que mantenía con ella las mismas relaciones que Benito con Beatriz en la obra de Shakespeare *Mucho ruido y pocas nueces.* En resumen, que la bella rubia obtuvo aquel día un triunfo extraordinario. Sus bromas y sus dichos tenían tanta gracia, eran tan candorosamente ingenuos y tan perdonablemente desenfadados, y estaba ella tan encantadoramente segura del júbilo general, que, en efecto, fue siempre objeto de la especial predilección de todos. En torno suyo había sin interrupción un corro de oyentes sorprendidos y maravillados, pues, en verdad, nunca había aparecido ella tan seductora. Cada palabra suya, llena de sugestiva originalidad, era captada al vuelo y transmitida de boca en boca, y ni uno solo de sus chistes o de sus bromas cayó en el vacío. Creo que nadie la había creído capaz de tanta exquisitez, de tanto brillo ni de tanto ingenio. Sus mejores prendas eran ensombrecidas cotidianamente por su infinita frivolidad, por sus constantes retozonerías de colegiala, que a veces lindaban con el histrionismo. Pocos eran los que reparaban en aquellas cualidades, y si alguien las observaba, las tenía por destellos casuales, de suerte que su repentino y extraordinario éxito fue acogido con un general murmullo de asombro.

Por lo demás, contribuyó a su triunfo una circunstancia especial, bastante cosquillosa, al menos teniendo en cuenta el papel que en ella desempeñó el marido de madame M. La traviesa rubia se había propuesto –por cierto, con el beneplácito general o, por lo menos, con el de la gente joven– tomarla de manera despiadada con aquel señor, por muchas causas que a ella debían de antojársele trascendentales. Entabló con él un tiroteo de alusiones, de bromas, de sarcasmos punzantes, resbaladizos, pérfidos, de doble intención, y tan rotundos y certeros que no dejaban brecha abierta para el contraataque; sarcasmos de esos que anonadan a su víctima y la hacen debatirse en esfuerzos vanos, llevándola hasta el delirio y hasta la más bufa desesperación.

No lo sé de cierto, pero creo que la maniobra no fue improvisada, sino preconcebida. Ya durante el almuerzo se había iniciado aquel reñido duelo. Digo «reñido», porque monsieur M. no depuso tan rápidamente las armas. Hubo de apelar a toda su presencia de ánimo, a toda su perspicacia y a su rara habilidad para no verse arrollado sin remisión y para no cubrirse de oprobio. La porfía se desarrolló entre la incesante e incontenible hilaridad de los testigos y de los protagonistas. Para el señor M. se habían vuelto las tornas en comparación con la víspera. Madame M. trató visiblemente de frenar varias veces a su imprudente amiga, quien a su vez ansiaba a toda costa engalanar al celoso marido con el ropaje más bufonesco y ridículo, disfrazarlo de Barba Azul, a juzgar por todas las probabilidades, por mis recuerdos y por el papel que hube de representar en aquel episodio.

Ocurrió esto de la manera más inopinada y cómica. Yo estaba de pie, a la vista de todos, muy ajeno al mal que se me venía encima y hasta olvidado de mis recientes precauciones, cuando de pronto me vi promovido a primer plano como enemigo jurado y rival de monsieur M., es decir, como enamorado de su mujer hasta la locura. Fue mi rubia tirana la que lo juró bajo palabra de honor, asegurando tener pruebas de ello, ya que aquella misma mañana había visto en el bosque…

No pudo terminar la frase: yo la interrumpí en el momento más comprometido para mí; pero este momento había sido tan satánicamente calculado por ella, tan arteramente preparado para lograr un desenlace cómico, y tan risiblemente adornado, que una explosión de risa estrepitosa, irreprimible y general premió la última treta. Y aunque presentí que me había caído en suerte el papel más desairado, era tanta mi turbación, mi cólera y mi temor, que, hecho un mar de lágrimas, lleno de angustia y desesperación, jadeante de vergüenza, atravesé dos hileras de sillas hasta colocarme delante de mi tirana y, dirigiéndome a ella, le grité con voz entrecortada por los sollozos y por la ira:

—¿No le da vergüenza... decir en voz alta... en presencia de estas señoras... mentiras tan ruines? Ni que fuera usted una chiquilla... Delante de tantos hombres... ¿Qué van a pensar? ¡Usted, una persona mayor..., casada!...

No me dejaron terminar. Resonó una salva de aplausos atronadores. Mi discurso hizo *furore*. Mi cándido gesto, mis lágrimas y, sobre todo, el hecho de que pareciera salir en defensa de monsieur M., causaron tan terrible hilaridad, que a mí mismo, al recordarlo ahora, me resulta risible a más no poder. Trastornado, medio loco de horror, y encendido como la pólvora, me cubrí la cara con las manos, hui de allí, tirando por los suelos la bandeja que llevaba un criado con quien me tropecé en la puerta, y me precipité hacia arriba para refugiarme en mi habitación. Arranqué de la cerradura la llave, que estaba por fuera, y me encerré. Aquello fue mi salvación, porque venían persiguiéndome. Antes de un minuto, mi cuarto estaba asediado por toda una hueste compuesta por las más hermosas mujeres allí presentes. A mis oídos llegaban sus sonoras carcajadas, su algarabía, sus voces entremezcladas; semejaban una bandada de golondrinas trinando a un tiempo. Todas ellas me pedían, me suplicaban, que les abriese siquiera por un instante; juraban que, lejos de hacerme nada malo, lo que querían era comerme a besos. Pero ¿cabía horror más grande que esta nueva amenaza? Salvaguardado por la puerta, con el rostro hundido en la almohada, y muerto de vergüenza, ni abrí ni contesté. Ellas estuvieron todavía un buen rato llamando a la puerta y conjurándome para que les abriese, pero me mantuve insensible y sordo como un chiquillo de once años.

¿Qué partido tomar? Todo cuanto yo ocultaba y guardaba tan celosamente había quedado de manifiesto...

¡Me había cubierto de oprobio y de vergüenza para siempre! En verdad, yo mismo no hubiera acertado a definir por qué tenía tanto miedo y qué era lo que tan celosamente deseaba encubrir; pero había algo que me causaba pavor, *algo* cuyo descubrimiento me hacía temblar como hoja en el árbol. Mas hasta aquel momento no había logrado yo discernir si aquel algo era bueno o malo, honroso o vergonzoso, laudable o digno de censura. Y acababa de descubrir, en medio de mis tormentos y de mi angustia, que era *ridículo* y *bochornoso.* Al mismo tiempo, el instinto me sugería que semejante juicio era falso, inhumano y burdo; pero yo estaba abatido, anonadado; el proceso de mi conciencia parecía haberse detenido y trastornado en mi interior; no me encontraba en condiciones de apelar contra tal juicio ni aun de meditarlo a fondo; en medio de mi aturdimiento, sólo sentía que me habían lacerado el corazón de la manera más antihumana y vergonzosa; y derramaba a raudales lágrimas de impotencia. La irritación se había adueñado de mí; hervían en mi pecho la indignación y el odio, sentimiento este último que jamás había experimentado, porque era la primera vez que se me causaba un dolor profundo, que se me infería una ofensa y un insulto. No había exageración alguna en mi actitud. Acababa de ser duramente zaherido mi primer sentimiento infantil, todavía en ciernes y en floración, y en una época tan temprana de mi vida había sido expuesto a la luz pública y ultrajado mi primer sentimiento de pudor, virginal y puro; acababa de ser profanada mi primera impresión estética, que acaso fuera muy seria. Naturalmente, mis ridiculizadores nada sabían acerca de mis sufrimientos ni aun se los imaginaban. Ejerció, asimismo, bastante influencia una circunstancia que yo mismo no he podido determinar hasta hoy día, pues incluso me ha faltado valor para examinarla. Sumido en mi desesperada congoja, seguí tendido en el lecho, con el rostro hundido en la almohada. Tan pronto me invadían los escalofríos como la fiebre. Dos preguntas me atormentaban: ¿qué era lo que la maldita rubia había podido ver en el bosque entre madame M. y yo?

¿Y con qué ojos y de qué modo iba yo a mirar ahora a madame M. sin morirme de vergüenza y de desesperación en el acto?

Una extraordinaria algarabía que se levantó en el patio me sacó del estado de semiinconsciencia en que me hallaba. Me levanté y me asomé a la ventana: el patio estaba lleno de coches, de caballos y de criados que trajinaban de un lado para otro. Al parecer, todos se disponían a partir; algunos jinetes estaban ya a caballo, y los restantes invitados iban tomando asiento en los carruajes. Esto me hizo recordar la excursión, y la inquietud comenzó a apoderarse poco a poco de mi corazón; busqué en el patio mi potro, pero inútilmente: por lo visto, se habían olvidado de mí. Incapaz de reprimirme, bajé al vuelo las escaleras, sin pensar ya en posibles encuentros desagradables ni en mi reciente vergüenza.

Una noticia fatal me esperaba allí: aquella vez no había para mí ni montura ni asiento en los coches. Todo estaba ya distribuido y ocupado, de suerte que yo tenía que quedarme en tierra.

Apesadumbrado nuevamente, me detuve al pie del porche contemplando con tristeza la larga fila de carrozas y de coches diversos, en los que no había para mí ni siquiera un humilde rincón, y a las apuestas amazonas, cuyos caballos bufaban y caracoleaban de impaciencia.

Uno de los caballeros se retrasaba en llegar. Sólo le esperaban a él para dar la señal de partida. Al pie de la escalera se hallaba su caballo, que mordía el bocado, escarbaba en el suelo y se encabritaba a cada instante. Dos palafreneros lo sujetaban cuidadosamente de las riendas, y todos, temerosos, se mantenían a prudencial distancia. Había un motivo extraordinariamente desagradable para que yo no pudiera ir a la excursión: además de haber llegado nuevos huéspedes, que ocupaban todos los sitios en los coches, habían enfermado dos caballos de montar, uno de los cuales era mi potro. Mas no era yo el único a quien aquejaba tal percance: vino a resultar que tampoco había montura para el nuevo huésped, el pálido joven a quien ya me referí. Para hacer frente a tal contratiempo, nuestro anfitrión se había visto en la necesidad de recurrir a una medida extrema: ofrecerle un potro arisco y sin domar, aunque le previno, para descargo de su conciencia, que no era posible montar en aquel animal y que desde hacía tiempo habían decidido venderlo si es que encontraban comprador. No obstante la advertencia, el huésped se declaró buen jinete y manifestó hallarse dispuesto a usar cualquier cabalgadura con tal de tomar parte en la excursión. El anfitrión no respondió, pero creí ver en sus labios una sonrisa pícara y maligna. Mientras estuvo esperando al huésped que tanto blasonaba de su arte ecuestre, él había permanecido a pie, frotándose impaciente las manos y mirando sin cesar hacia la puerta. Algo semejante a lo que pensaba su dueño debían de pensar los dos mozos de cuadra que sostenían por las bridas al potro, muy ufanos de ser el punto de mira de tantos espectadores, sujetando a un animal capaz de matar a un hombre en cualquier arranque. Una sonrisa socarrona, parecida a la de su amo, asomaba a sus ojos, expectantes y fijos también en la puerta por la que había de hacer su aparición el osado huésped. Hasta el propio caballo se conducía cual si se hubiera confabulado con su dueño y con los palafreneros. Orgulloso y arrogante, dijérase que se percataba de que lo estaban observando varias decenas de ojos curiosos y blasonaba ante todos de su mala reputación, ni más ni menos que esos crápulas incorregibles que hacen gala de sus calaveradas. Parecía estar desafiando al que tuviese el atrevimiento de atentar contra su libertad.

El temerario caballero se presentó, por fin. Excusándose por su tardanza, y en tanto se ponía apresuradamente los guantes, avanzó sin mirar a nadie, descendió los peldaños de la escalerilla del porche y sólo levantó la vista al alargar la mano para acariciar la cerviz del animal, pero quedó indeciso al verle encabritarse salvajemente y al oír el clamor de los huéspedes, que le prevenían contra las malas artes del potro. El joven retrocedió unos pasos y contempló asombrado al caballo salvaje que, temblando como azogado, relinchaba furioso y movía salvajemente los ojos sanguinolentos, levantando las patas delanteras como si pretendiera tomar vuelo y arrastrar consigo a los dos mozos de cuadra. El joven permaneció irresoluto cosa de unos segundos; acto seguido enrojeció ligeramente, presa de cierta turbación, y, por último, alzó los ojos y miró en torno suyo a las atemorizadas señoras.

–Estupendo caballo –pronunció como si hablara consigo mismo–. Me da la impresión de que debe dar gusto montar en él, pero ¿saben una cosa? Pues que yo me quedo en tierra –concluyó, dirigiéndose a nuestro anfitrión con una sonrisa amplia y bondadosa, muy a tono con su rostro, de expresión agradable e inteligente.

–A pesar de todo, le juro que le tengo por un jinete excelente –repuso alborozado el dueño del arisco animal, estrechando al huésped la mano con calor y hasta con gratitud–. Le tengo por buen jinete porque a la primera mirada se ha dado usted cuenta de la fiera que tiene delante –agregó muy ufano–. ¿Querría creer que yo, después de haber servido en húsares veintitrés años, he tenido ya el gusto de rodar por tierra tres veces, por obra y gracia de este bicho, es decir, tantas veces como he intentado montar a este... parásito? Tankred, amigo mío, está visto que no somos dignos de ti; el que te monte ha de ser algún Iliá Múromets[1] que estará ahora sentado a sus anchas en el pueblo de Karachárovo, esperando a que se te caigan los dientes. ¡Ea, lleváoslo!, que no asuste a nadie más. No sé para qué lo hemos mandado sacar –terminó, frotándose las manos muy satisfecho de sí mismo.

Han de saber ustedes que Tankred no le reportaba el menor provecho y no hacía otra cosa que comer; por añadidura, el viejo húsar había dado al traste con su fama de entendido en caballos pagando una suma fabulosa por un zángano que sólo imponía por su buena presencia... No obstante, se regocijó mucho de que Tankred no se hubiera puesto en entredicho y de que hubiera arredrado a un jinete más, añadiendo a sus viejos laureles otros nuevos, por más deleznables que fuesen.

–¿De modo que se queda usted? –exclamó la rubia, muy empeñada en que su *cavalier servant* la acompañase–. ¿Es que le da miedo?

–Pues la verdad es que sí –repuso el joven.

–¿No hablará usted en serio?

1. Famoso héroe del folclore ruso.

—Oiga, ¿no me diga que quiere usted que me rompa la crisma?

—Bueno, pues tome usted mi caballo; no pase cuidado, que es manso como un cordero. No perderá tiempo alguno, en un instante le cambiarán la montura. Yo probaré a ir en ése. No creo que Tankred sea siempre tan desconsiderado.

Dicho y hecho: la diablilla saltó al suelo, y antes de terminar la última frase ya estaba junto a nosotros.

—Mal debe conocer a Tankred si piensa que va a dejarse montar por usted. Aparte de que yo no consentiré que usted se rompa la crisma. Sería una verdadera lástima —intervino nuestro anfitrión, afectando, según costumbre inveterada en él, en aquel momento de íntima satisfacción, una rudeza y hasta una grosería ya de por sí afectadas y estudiadas, que, en su opinión, le daban patente de viejo soldado campechano y debían de ser muy del agrado de las señoras. Era una de sus manías, quizá la preferida, que ninguno de nosotros desconocía.

—A ver tú, llorón, ¿no te gustaría probar? Con las ganas que tenías de venir… —dirigiose a mí la intrépida amazona, señalando a Tankred con gesto maligno.

Lo hacía sencillamente por no irse de vacío y no dejar de tirarme alguna puntada, ya que había tenido que apearse de su cabalgadura y yo había cometido la torpeza de ponerme a tiro.

–De seguro que tú no eres como... Pero, bueno, ¿para qué hablar? Un héroe como tú se avergonzaría de mostrarse tan cobarde, sobre todo sabiendo que alguien le está mirando, hermoso paje –añadió mientras lanzaba una mirada fugaz hacia madame M., cuyo carruaje estaba más cerca de la escalerilla que ningún otro.

El odio y el deseo de venganza invadieron mi corazón cuando la hermosa amazona se aproximó a nosotros con intención de montar a Tankred. Pero me es imposible describir la sensación que me produjo el inesperado desafío. La vista se me nubló cuando capté su maligna mirada dirigida hacia madame M. Por mi mente cruzó como un relámpago una idea. Fue todo cosa de un instante; menos aún que un instante; algo tan súbito como el estallido de la pólvora: o se había colmado ya la medida, provocando en mi interior una súbita explosión de mi resucitado espíritu, de suerte que me sentí impelido a arrollar a todos mis enemigos y a tomar venganza de ellos por sus ofensas, demostrando de lo que era capaz; o bien, por algún prodigio, alguien acababa de enseñarme la historia de la Edad Media, de la que yo hasta entonces no conocía ni jota, y en mi acalorada fantasía vi torneos, paladines, héroes, hermosas doncellas, hazañas y triunfadores; oí clarines de heraldos, ruido de espadas que se cruzaban, clamores y aplausos de la muchedumbre, y entre todos ellos, el tímido grito de un corazón atemorizado, más dulce para un espíritu orgulloso que el triunfo y que la gloria. No estoy seguro de si todos aquellos absurdos delirios cruzaron por mi mente o si lo que en realidad hice fue presagiar el inminente y fatal absurdo que se me venía encima, pero lo cierto es que me percaté de que había llegado mi hora. El corazón me dio un salto, y yo mismo no recuerdo cómo bajé la escalera de un brinco y me planté junto a Tankred.

–¿Y usted se imagina que voy a asustarme? –exclamé arrogante y orgulloso, acalorado hasta nublárseme la vista, jadeante de emoción y tan rojo de ira, que las lágrimas quemaron mis mejillas–. ¡Pues ahora verá!

Antes de que nadie pudiese hacer siquiera el más pequeño movimiento para sujetarme, ya me había yo agarrado a la crin del potro y había puesto el pie en el estribo. Pero en ese preciso instante, el animal se encabritó, agitó la cabeza, se desprendió, con brusco ímpetu, de los asombrados palafreneros y salió volando como una exhalación. Todos los presentes profirieron un grito de horror.

Dios sabrá cómo conseguí atinar con el otro estribo y meter el pie en medio de aquella carrera loca. Tampoco me explico cómo pude mantener las riendas. Tankred salió al vuelo por la puerta del patio, torció en redondo hacia la derecha y siguió como una exhalación a lo largo de la valla, completamente a ciegas. Sólo entonces llegó a mis oídos el clamor de cincuenta voces, y aquel grito repercutió en mi corazón angustiado, despertando en él tanta alegría y tanto orgullo, que jamás olvidaré aquel insensato episodio de mi infancia. La sangre me afluyó a las sienes, me ensordeció y ahogó mis temores. No tenía conciencia de mí mismo. Al recordarlo ahora creo que, en verdad, hubo en aquel acto algo de caballeresco.

Pero mis andanzas caballerescas empezaron y concluyeron en un instante brevísimo, pues de otro modo hubiera salido bien descalabrado este caballero. Aun así, no llego a concebir cómo me salvé. Yo sabía montar, y había recibido clases de equitación, pero mi caballo siempre se había asemejado más a una oveja que a un caballo. Ni que decir tiene que yo hubiera salido despedido de la silla si Tankred hubiera tenido tiempo de arrojarme; pero el caso es que, después de recorrer cincuenta o sesenta pasos, hubo de espantarse al encontrar una enorme piedra en el camino. Volvió grupas al vuelo, con tan brusca corveta, que aún hoy es para mí un enigma cómo no salí despedido como una bola y, después de rodar cinco o seis metros, no quedé allí destrozado, ni tampoco me explico que Tankred no se quebrase una pata en tan rudo viraje. Se lanzó hacia el patio y entró por el portón agitando salvajemente la cabeza, saltando de un lado para otro como ebrio de ira, pataleando en el aire y sacudiendo el lomo a cada salto, cual si llevase encima a un tigre que hubiera hundido en su cuerpo los dientes y las garras. Un instante más, y yo hubiera volado por los aires. Hubo un momento en que ya me sentí caer; pero varios jinetes acudieron en mi auxilio. Dos de ellos interceptaron la salida al campo; y otros dos, al galope, acercaron tanto sus caballos que faltó poco para que me estrujaran las piernas: emparedando a Tankred con los costados de sus cabalgaduras, se apoderaron de las riendas. Poco después nos encontrábamos ya en el porche.

Me apearon del caballo pálido y casi sin aliento. Estaba temblando de arriba abajo, como pelusa de cardo, igual que Tankred, que, plantado en el suelo como si tuviera hundidos los cascos en él, exhalaba el cálido aliento de sus bufidos por las narices rojas y humeantes. Temblón como el azogue, surcaban su piel ligeros estremecimientos, y parecía estupefacto de ira por la ofensa que acababa de infligirle el impune atrevimiento de un chiquillo. A mi alrededor resonaban gritos de desconcierto, de admiración y de espanto.

En aquel preciso momento, mis ojos errantes se encontraron con la mirada de madame M., pálida y llena de zozobra, y, jamás lo olvidaré, los colores se me subieron al rostro, que se me puso como el fuego. No sé lo que me pasó; lo cierto es que, turbado y aturdido por mi propia emoción, bajé los ojos tímidamente. Pero, lejos de pasar inadvertida aquella mirada mía, todos la advirtieron, la captaron y me la robaron. Los ojos de todos los presentes se fijaron en madame M., quien, sorprendida de improviso por la curiosidad general, enrojeció también, ruborizándose como una niña, acaso en virtud de alguna sensación involuntaria e inocente, y, haciendo un esfuerzo sobrehumano, trató de ocultar su rubor echándose a reír, aunque su afán resultó vano...

Evidentemente, visto desde fuera, todo aquello debía ser harto grotesco. Pero un episodio ingenuo e inesperado hubo de salvarme de la hilaridad general, dando un matiz muy especial a toda la aventura: la causante de todo, mi hermosa tirana, que hasta entonces había sido mi irreconciliable enemiga, se abalanzó de repente hacia mí, abrazándome y besándome.

Al aceptar yo el reto que ella me lanzara y al recoger el guante que me arrojó con su pícara mirada a madame M., la rubia no daba crédito a sus ojos, y cuando yo volaba a lomos de Tankred estaba que se caía del susto y de los remordimientos de conciencia. Ahora, terminado ya todo, y particularmente al captar ella, como los demás, mi mirada a madame M., así como mi aturdimiento y mi repentino rubor; ahora que, guiada por el romanticismo de su frívola cabeza, podía dar al incidente un sentido nuevo, oculto e inexpresado, le acometió tal entusiasmo por mi «caballerosidad», que corrió hacia mí y me estrechó contra su pecho conmovida, orgullosa de mí y llena de alegría. Al cabo de un instante, encarose con quienes nos rodeaban y, con un semblante ingenuo, aunque rígido, en el que brillaban estremecidas dos diminutas lágrimas cristalinas, pronunció, señalando hacia mí, en un tono serio y adusto, como yo nunca la oyera: «*Mais c'est très sérieux, messieurs, ne riez pas!*»,[1] sin darse

1. «Esto es muy serio, señores; no se lo tomen a broma».

cuenta de que todos estaban como hechizados al ver su inmenso júbilo. Aquel arrebato inopinado, aquel semblante serio, aquel bondadoso candor, aquellas lágrimas sinceras, insospechadas en sus ojos continuamente risueños, representaban en ella un prodigio tan insólito, que todos parecían electrizados por su mirada, por sus palabras y por sus gestos, tan diligentes como ardorosos. Dijérase que nadie quería apartar de ella la vista por no perderse el excepcional momento de inspiración de su cara. Hasta nuestro anfitrión se puso colorado como un tulipán, y hay quien afirma haberle oído confesar después que, «para vergüenza suya», estuvo enamorado de su linda huésped por espacio de casi un minuto. Está claro que, después de lo ocurrido, era yo todo un caballero, un héroe.

—¡Es un Delorge! ¡Un Togenburg![1] —comentaban algunos.

Sonaron aplausos.

—¡Ay, la nueva generación! —exclamó el dueño de la casa.

1. Personajes, respectivamente, de la poesía y de la balada *El guante*, de Schiller.

–Pero ahora tiene que venir con nosotros. ¡Tiene que venir sin falta! –gritó la bella rubia–. Ya le encontraremos sitio. Que se venga conmigo, en mis rodillas… ¡Pero no, no! ¡Qué tonta soy! –se corrigió ella misma, riendo a carcajadas, sin poder reprimir su hilaridad al recordar nuestro primer encuentro. Sin embargo, en tanto reía, me acariciaba la mano cariñosamente, deseosa de serme grata para que yo no me enfadase.

–¡Es verdad, tiene que venir! –exclamaron varias voces–. Ha de venir, pues se ha ganado su puesto.

El asunto quedó arreglado enseguida. Sobre la vieja solterona que me había hecho conocer a la rubia llovieron las súplicas de la gente joven pidiéndole que me cediese su asiento y se quedara en la casa, a lo cual hubo de acceder, con suma contrariedad, sonriendo para afuera y renegando de rabia para sus adentros. Su protectora, en torno a la cual giraba ella, y que había sido mi enemiga aunque ahora ya no lo era, le gritó, ya al galope de su brioso corcel y riendo como una chiquilla, que le tenía gran envidia y que ella misma se hubiera quedado en tierra de

63

buena gana, pues el cielo amenazaba lluvia y todos nos íbamos a calar hasta los huesos.

Lo bueno del caso es que su profecía se cumplió. Una hora después cayó un verdadero diluvio que dio al traste con la excursión. Tuvimos que guarecernos varias horas en las casas de unos labradores, y regresamos, pasadas las nueve, con un tiempo crudo. Yo me sentí indispuesto, con algo de fiebre. Cuando salíamos para la excursión, y en el momento de ocupar mi sitio en el coche, madame M. se me había acercado y se mostró sorprendida de verme con una ligera blusa y el cuello descubierto. Respondí que no había tenido tiempo de coger mi abrigo. Ella, entonces, sacó un alfiler, me levantó el cuello de la camisa, me lo prendió, quitose luego su pañuelo de gasa rojo y me lo puso al cuello para evitar que me resfriase. Lo hizo todo con tanta premura, que no me dio tiempo ni siquiera a agradecérselo.

No bien regresamos a la casa, la encontré en un saloncito con la rubia y con el pálido joven que se había cubierto de gloria aquella tarde negándose a montar a Tankred. Me acerqué a ella, para darle las gracias y devolverle el pañuelo. Pero ahora, después de mis aventuras, me sentía como cohibido; hubiera preferido subir a mi cuarto y allí, con sosiego, reflexionar y tomar una decisión. Estaba enteramente colmado de impresiones. Al devolverle el pañuelo, enrojecí, claro está, hasta las orejas.

–Apuesto lo que sea a que desearía conservarlo como recuerdo –opinó el joven, sonriendo–. Se le nota en los ojos que le causa pena desprenderse de él.

–¡Claro, claro que sí! –intervino la rubia–. ¿Os dais cuenta de cómo es? –añadió con simulado enojo, moviendo la cabeza, pero se detuvo a tiempo ante la severa mirada de madame M., que no quería llevar las bromas demasiado lejos.

Me retiré al momento.

–¡Hay que ver cómo eres! –me reprochó la guapa rubia, alcanzándome en el aposento vecino y cogiéndome afectuosamente ambas manos–. Si tantas ganas tenías de conservar el pañuelo, con no habérselo devuelto estabas al cabo de la calle. Te excusarías diciendo que lo habías perdido. ¡Qué poca fantasía tienes!

Mira que no habérsete ocurrido ni eso... ¡Qué tontuelo!

Así diciendo, me dio un ligero papirotazo en el mentón y se echó a reír al verme enrojecer como una amapola:

—Mira que ahora soy ya amiga tuya, ¿no es verdad? Nuestra enemistad ha terminado, ¿eh? ¿Sí, o no?

Yo sonreí y estreché su mano en silencio.

—Bueno, eso ya va bien. Pero ¿por qué estás tan pálido y tembloroso? ¿No tendrás fiebre?

—Sí, no me encuentro bien.

—¡Ay, pobrecito mío! Seguro que será por las impresiones tan fuertes. ¿Sabes una cosa? Te vas ahora mismo a la cama, sin esperar a la cena, y todo se pasará en una noche. Anda, vamos.

Me condujo arriba, y me prodigó tales cuidados, que parecían no tener fin. Dejándome a solas un momento para que me desnudase, fue abajo y regresó con una bandeja, en la que traía té, cuando yo estaba ya acostado. A renglón seguido me trajo también una manta de mucho abrigo. Yo estaba tan asombrado como conmovido por tanta solicitud y tantos cuidados, o acaso mi emoción fuera fruto de la excitación de los incidentes del día, de la excursión y de la fiebre; lo cierto es que, en el momento de despedirse, le eché los brazos al cuello cual si se tratase de la amiga más dulce y más íntima, en tanto que todas las impresiones de la jornada afluían a un tiempo a mi debilitado corazón. Apretado contra su pecho, me faltó poco para echarme a llorar. Ella advirtió cuán profunda era mi sensibilidad, y creo que mi traviesa amiga también se hallaba un poco emocionada.

–Eres un excelente muchacho –murmuró, obsequiándome con una dulce mirada de sus plácidos ojos–. Por favor, no sigas enfadado conmigo. ¿Verdad que no?

Total, que a partir de entonces fuimos los amigos más cariñosos y más fieles.

Me desperté bastante temprano, pero el sol bañaba ya mi cuarto con su luz resplandeciente. Salté de la cama sano y optimista, olvidado de la fiebre de la víspera, experimentando en su lugar un júbilo inexplicable. Recordé los sucesos del día anterior y me sentí capaz de renunciar a todos los bienes del mundo con tal de volver a abrazar en aquel instante a mi nueva amiga, a la bellísima rubia. Pero era todavía muy temprano, y toda la casa dormía. Me vestí aprisa, bajé al jardín y me encaminé al bosque. Me dirigí a su parte más frondosa, donde la fragancia de la arboleda traía más olor a resina, y donde más refulgían los rayos del sol, satisfechos de haber podido filtrarse por entre el tupido follaje. La mañana era hermosísima.

Penetrando más y más, acabé por verme en el otro extremo del bosque, junto al río Moskvá, que fluía a cosa de doscientos pasos. La orilla era escarpada. Al otro lado estaban segando heno. Me quedé embebido contemplando cómo filas enteras de afiladas guadañas resplandecían al sol a cada movimiento de los segadores, para desaparecer acto seguido cual culebrillas de fuego que se escondieran en algún recoveco, y cómo la yerba cortada era despedida en espesos y esponjosos haces y se iba alineando en largas franjas rectas. No recuerdo cuánto tiempo llevaría embelesado en mi contemplación, cuando de pronto salí de ella al oír dentro del bosque, en una vereda que pasaba a cosa de unos veinte pasos de mí y que, partien-

do de la carretera, iba hacia la mansión seño-
rial, el bufar de un caballo y el ruido de sus
cascos escarbando el suelo. No sé decir a cien-
cia cierta si percibí el ruido del caballo inme-
diatamente después de haberlo detenido el jinete o si llevaba ya tiempo oyéndolo; lo cierto es
que me hería el oído sin que lograra apartarme
de mi ensimismamiento. Penetré de nuevo en el
bosque, lleno de curiosidad, y a los pocos pasos oí voces que conversaban con precipitación,
pero muy quedo. Me acerqué más, aparté cuidadosamente las ramas de los últimos arbustos
que bordeaban la vereda y retrocedí estupefacto: ante mis ojos relució un vestido blanco,
que me era conocido, y oí una voz de mujer que
tuvo en mi corazón musicales resonancias. Era
madame M. Estaba de pie junto al jinete, que le
hablaba, visiblemente apresurado, desde su
montura; y para asombro mío, reconocí a N.,
el joven que la mañana anterior se despidió de
nosotros y que tanto preocupaba a monsieur
M. Mas como entonces dijeron que se marcha-
ba muy lejos, al sur de Rusia, me sorprendió
sobremanera verle allí, tan temprano y a solas
con madame M.

Nunca la había visto yo tan nerviosa y emocionada como entonces. El joven jinete le tenía cogida una mano que le besaba inclinándose desde la silla. Los había sorprendido en el momento de la despedida. Mostraban tener prisa. Finalmente, él sacó del bolsillo un sobre lacrado, se lo entregó a ella, le pasó una mano por los hombros y le dio un beso apretado y largo, sin descender del caballo. Un momento después, fustigó a su corcel y pasó por delante de mí con la celeridad de una centella. Madame M. le siguió un instante con la vista, y luego, meditabunda y melancólica, emprendió el camino de la finca. Sin embargo, después de recorrer un pequeño trecho por la vereda, pareció despertar repentinamente de un sueño, apartó aprisa el ramaje de los arbustos y echó a andar por el bosque.

La seguí, turbado y sorprendido por lo que había visto. El corazón me latía violentamente, lleno de zozobra. Yo estaba como aturdido y entre nieblas, con la mente abatida. Sólo recuerdo que me embargaba una tristeza terrible. De cuando en cuando, el traje blanco se me aparecía a través del verde ramaje. Yo la seguía maquinalmente, sin perderla de vista, pero temblando, no fuera a ser que me viese. Por último, salió al camino que conducía al jardín. Esperé cosa de medio minuto para salir yo también; pero ¡cuál no sería mi asombro al descubrir sobre la roja arena del sendero el sobre lacrado! Lo reconocí al primer golpe de vista: era el mismo que N. había entregado diez minutos antes a madame M.

Lo recogí. En ninguna de sus caras había nada escrito. Aunque de tamaño no muy grande, era compacto y pesado, cual si guardara en su interior tres o más pliegos de papel de cartas.

¿Qué venía a significar aquel sobre? A no dudarlo, contenía la explicación de todo el enigma, y acaso decía lo que no pudo expresar N. por la brevedad de la precipitada entrevista, pues ni siquiera echó pie a tierra… ¿Tenía prisa, o acaso temía traicionarse a sí mismo en el momento de la despedida? Dios sabrá.

Me detuve sin salir al camino, coloqué la carta sobre la arena, en lugar muy visible, y me situé en anhelante espera, por suponer que madame M. no tardaría en notar la pérdida del sobre y volvería a buscarlo. Mas al cabo de cuatro o cinco minutos no pude aguantar más, recogí mi hallazgo, me lo metí en el bolsillo y eché a correr con ánimo de alcanzar a la señora. Cuando la alcancé, ella había entrado ya en la gran avenida del jardín. Iba directamente hacia la casa, con paso rápido y apresurado, pero pensativa y cabizbaja. ¿Qué partido tomar? ¿Acercarme a ella y entregarle el sobre? Esto hubiera equivalido a decirle que lo sabía todo, pues lo había visto. A la primera palabra mía hubiera quedado al descubierto. ¿Y cómo iba, entonces, a mirarla a la cara? ¿Y qué opinión se formaría ella de mí? Yo ansiaba que se percatase de la pérdida y volviera sobre sus pasos, dándome ocasión a que yo arrojase discretamente el sobre en el camino de modo que ella lo hallase. Pero no: ya llegábamos a la finca y desde allí la habían visto.

Como a propósito, aquella mañana habían madrugado casi todos, pues la noche anterior, y en vista del fracaso de la excursión, habían proyectado otra de la que yo no tenía noticia. Se preparaban para partir y estaban desayunando en la terraza. Esperé unos diez minutos a fin de que no me vieran llegar con madame M., y, dando un rodeo, entré en la casa por otro lado, bastante después que ella. Madame M. iba y venía por la terraza, pálida e inquieta, con los brazos cruzados, y todo denotaba que pretendía esforzarse por ahogar la desesperada zozobra que se traslucía en sus ojos, en sus andares y en cada uno de sus movimientos. A veces descendía por la escalerilla y daba unos cuantos pasos entre los arriates, en dirección al jardín, en tanto que sus ojos buscaban con ávida impaciencia, rayana en la indiscreción, en la arena de los senderos y en el suelo de la terraza. No cabía duda: acababa de advertir la pérdida del sobre y lo buscaba por los alrededores de la mansión. Sí, estaba convencida de haberlo perdido allí.

Alguien observó, y luego lo advirtieron los demás, que estaba pálida y nerviosa. Llovieron las preguntas interesándose por su salud y los consejos enojosos: debía reportarse, reír, parecer más alegre. De vez en cuando, madame M. miraba a su marido que, allá en el otro extremo de la terraza, conversaba con dos señoras, y la infeliz experimentaba los mismos estremecimientos y la misma turbación que sintió aquella tarde en que se presentó su esposo. Yo me mantenía a distancia de todos, con la mano en el bolsillo, apretando en ella el sobre y suplicando a la providencia que madame M. se fijara en mí. Deseaba darle ánimos y sosiego, aunque sólo fuese con la mirada, decirle dos palabras, siquiera fuese al vuelo y a hurtadillas. Pero cuando, casualmente, me miró, yo me estremecí y bajé los ojos.

No me equivoqué al suponer que estaba torturándose. Hasta hoy sigo desconociendo el motivo; sólo sé lo que vi y lo que refiero. Acaso sus relaciones con N. no fuesen las que pudiera pensarse a primera vista. Tal vez aquel beso fuera el de la despedida, el último premio al sacrificio que él hacía en aras de la tranquilidad y del honor de ella. N. se retiraba, quizá para no verla más. Y, por último, ¿quién sabía lo que pudiera contener el sobre que yo apretaba en mi mano? ¿Qué juicio hacer, y quién estaba autorizado para juzgar? De lo que no cabía duda era de que el descubrimiento del secreto hubiera constituido un horror, un golpe fatal para la vida de ella. Todavía recuerdo la expresión de su semblante en aquel momento. Imposible sufrir más: presentir, saber, intuir y esperar como un reo de muerte que un cuarto de hora o un minuto más tarde pudiera descubrirse todo; alguien podía encontrar y recoger el sobre; como no llevaba dirección alguna, cabía la posibilidad de que lo abriesen, y entonces…, ¿qué sucedería entonces? ¿Qué suplicio mayor que el que la aguardaba? En aquel momento, ella iba y venía entre sus futuros jueces. Transcurriría un minuto y sus caras sonrientes y halagadoras se tornarían severas e inexorables: ella leería en aquellos rostros burla, maldad y frío desdén; y después caería sobre su vida una noche eterna y sin esperanza. Cierto que entonces no me hacía cargo de la terrible situación como me lo hago ahora; sólo podía conjeturar, presentir y tener el corazón dolorido por el peligro que ella corría y que yo no comprendía en toda su extensión. Pero cualquiera que fuese su secreto, ya había expiado bastante, si es que algo tenía que expiar, en los dolorosos minutos de que fui testigo y que nunca olvidaré.

De pronto resonó la alegre llamada a partir; se produjo un revuelo general; por todas partes se oían risas y joviales exclamaciones. Dos minutos más tarde, la terraza quedó vacía. Madame M. renunció a la excursión recurriendo, finalmente, al pretexto de que se sentía indispuesta. Pero, gracias a Dios, como todos tenían prisa por marcharse, no hubo tiempo de que la importunaran con recomendaciones, preguntas ni consejos. Raros fueron los invitados que se quedaron en casa. El marido le dirigió unas cuantas palabras, a las que contestó ella asegurándole que en el curso del día se le pasaría la indisposición, que no se preocupase, que ella no tenía necesidad de guardar cama y que saldría de paseo por el jardín, sola… o conmigo… En aquel momento me miró. ¡No cabía mayor felicidad para mí! El rostro se me arreboló de contento. Instantes después íbamos ya los dos por el camino.

Ella siguió las mismas avenidas, los mismos senderos y veredas que recorrió para regresar del bosque, recordando instintivamente su camino anterior, deteniéndose a escudriñar en derredor suyo, sin apartar la vista del suelo, buscando algo, no respondiendo a mis preguntas y acaso olvidando que yo iba en su compañía.

Pero a punto ya de llegar al sitio donde recogí el sobre y donde moría el camino, madame M. se detuvo de repente y dijo con voz débil y angustiada que se sentía mal y quería volverse. Sin embargo, cuando nos aproximamos a la puerta del jardín, tornó a detenerse y meditó un instante; una sonrisa de desesperación afloró a sus labios, y, transida, atormentada, dispuesta a todo y resignándose a lo que viniera, reemprendió en silencio su primer camino sin prevenirme siquiera...

La congoja me martirizaba, pero yo no sabía qué hacer. Nos dirigimos, o, mejor dicho, la conduje al lugar en que, una hora antes, oyera yo los cascos del caballo y el rumor de las voces de los dos. Allí, al pie de un frondoso olmo, había un banco cincelado en una enorme roca, en torno de la cual se extendía el musgo y crecían el jazmín silvestre y el escaramujo. El bosque entero estaba lleno de sorpresas, como puentecillos, veladores y grutas. Madame M. tomó asiento en el banco después de contemplar, ausente el pensamiento, el esplendoroso paisaje que a nuestra vista se ofrecía. Poco después abrió un libro y clavó en él la mirada, sin pasar las hojas, ni leer, ni casi tener conciencia de sus actos. Serían las nueve y media de la mañana. El sol, remontado ya, flotaba esplendorosamente en el intenso azul del cielo y parecía a punto de derretirse en su propio fuego. Los segadores se habían alejado, apenas se los divisaba desde nuestra orilla. Tras ellos se arrastraban las infinitas franjas del heno segado, y la suave brisa, que soplaba muy de tarde en tarde, nos envolvía en su fragancia. En derredor nuestro estaba en su apogeo el infatigable concierto de los que «no siegan ni siembran», sino que son libres como el aire que surcan sus diligentes alas. Creyérase que en aquel instante cada florecilla, cada brizna, exhalando su aroma a modo de incienso, decía a su creador: «¡Padre, qué venturosa y qué feliz soy!».

Contemplé a la infeliz mujer, que era la única que parecía un difunto en medio de aquella explosión de vida. Entre sus pestañas permanecían inmóviles dos lagrimones arrancados a su corazón por un dolor lacerante. Sólo yo podía reanimar y hacer feliz aquel pobre corazón angustiado, pero como no sabía por dónde empezar ni cómo dar el primer paso, me atormentaba horriblemente. Cien veces me sentí impelido a acercarme a ella, y cien veces me retuvo un sentimiento indefinible, que hacía colorearse mi rostro.

De pronto se me ocurrió una idea feliz. Había encontrado el medio, y esto me hizo resucitar.

—¿Quiere que le corte un ramo de flores? —le sugerí con acento tan jubiloso, que madame M. levantó la cabeza y me miró fijamente.

—Bueno —accedió con un hilo de voz, sonriendo a medias y volviendo a clavar la vista en el libro.

—Porque si no, quizá corten aquí la hierba y no dejen una flor viva —exclamé, y acto seguido me puse a la obra lleno de entusiasmo.

Tardé poco en recoger un ramo, aunque sencillo y pobre, indigno de ser colocado en el florero de una habitación. ¡Pero con qué gozo me latía el corazón mientras lo iba reuniendo! A pocos pasos recogí gran cantidad de rosas y jazmines silvestres. Muy cerca había un campo de centeno a punto de madurar. Allí me dirigí en busca de campanillas, que entremezclé con largas espigas de centeno, escogiendo las más doradas y hermosas. A poca distancia encontré todo un plantel de nomeolvides, con las cuales fue engrosando ya mi ramo. Algo más allá, en un prado, hallé campanillas azules y claveles silvestres, y luego me fui al río para recoger lirios amarillos. Finalmente, de regreso ya, me adentré en el bosque un instante para cortar unas verdes ramas de arce con que envolver el ramo, cuando me encontré con una multitud de pensamientos silvestres, próximos a los cuales percibí, con gran alegría por mi parte, el aromático perfume de la violeta, y descubrí, oculta en la tupida y jugosa hierba, la flor, salpicada todavía de refulgentes gotas de rocío. Ya tenía el ramillete. Até los tallos con un largo y fino tallo, retorcido a modo de cordón, y, colocando cuidadosamente el sobre dentro del ramo, lo cubrí con las flores de modo que fuera fácil descubrirlo, por poca atención que se pusiese.

Y se lo llevé a madame M.

Por el camino me pareció que la carta estaba demasiado a la vista, y la escondí un poco más. Conforme iba acercándome, la metí más adentro, y, finalmente, ya a pocos pasos de ella, la hundí tanto entre las flores que ya casi ni se veía el sobre desde fuera. Las mejillas me ardían. Tentado estuve de cubrirme la cara con las manos y echar a correr enseguida, pero la señora miró tan distraídamente mi obsequio como si hubiera olvidado que yo había ido a recoger las flores. Maquinalmente, sin apenas reparar en el ramillete, alargó la mano y lo cogió, pero acto seguido lo puso en el banco, cual si yo lo hubiera reunido con tan inútil propósito, y de nuevo hundió la cabeza en el libro, como absorta y desentendida de todo. Ante el revés sufrido, me entraron ganas de llorar. «Con tal de que no aparte el ramo y de que no se olvide de él», pensé. Me tendí en el césped a poca distancia, con la nuca apoyada en el brazo derecho, y cerré los ojos como vencido por el sueño, aunque no le quitaba la vista de encima y esperaba...

Transcurrieron unos diez minutos, y a mí me daba la impresión de verla cada vez más pálida, cuando, inopinadamente, una feliz casualidad vino en mi ayuda.

Fue una gruesa abeja que la amable brisa trajo para suerte mía. Primero estuvo zumbando sobre mi cabeza, y después voló hacia madame M., que trató de espantarla con la mano dos o tres veces; pero el testarudo insecto, como a propósito, se tornaba cada vez más pegajoso, hasta que la señora, echando mano al ramo de flores, lo sacudió para ahuyentar a la abeja. En aquel momento, el sobre escapó de entre las flores y fue a caer directamente encima del libro abierto. Yo me estremecí. Madame M., muda de asombro, estuvo mirando tan pronto al sobre como a las flores que aún tenía en la mano, y pareció no dar crédito a lo que veía... De pronto enrojeció, experimentó una sacudida y volvió los ojos hacia mí, pero yo, atento a sus miradas, cerré los párpados fingiéndome dormido; por nada del mundo hubiera osado mirarla cara a cara. Mi corazón angustiado palpitaba como el pajarillo que cae en las garras de un chicuelo aldeano. No recuerdo cuánto tiempo permanecería allí, con los ojos cerrados; debieron de ser dos o tres minutos, hasta que, por fin, me atreví a abrirlos. Madame M. estaba leyendo la carta, y a juzgar por lo encendido de sus mejillas, por el brillo y las lágrimas de sus ojos, por su iluminado semblante, en el que hasta el más pequeño rasgo vibraba por efecto de una sensación de alegría, adiviné que en aquella carta se contenía su felicidad y que su angustia acababa de disiparse como el humo. Un sentimiento doloroso y dulce al mismo tiempo se apoderó de mi corazón; se me hacía muy difícil seguir fingiendo.

¡Jamás olvidaré aquel instante! En esto se oyó una voz lejana:

—¡Madame M.! ¡Natalie, Natalie!

En vez de contestar a la llamada, ella se levantó rápidamente y, acercándose, se inclinó sobre mí. Noté que estaba mirándome a la cara. Temblaron mis párpados, pero me mantuve firme sin abrir los ojos. Aunque procuré acompasar y sosegar la respiración, el corazón me ahogaba con sus violentos latidos. Sentí en las mejillas un cálido aliento: madame M. se había inclinado hasta colocar su rostro muy cerca del mío, como tratando de explorarlo. Por último, sentí caer varias lágrimas seguidas de un beso sobre la mano que tenía apoyada en el pecho; y luego otros dos besos más.

—¡Natalie, Natalie! ¿Dónde estás? —Oyose la voz de antes, ya muy cerca de nosotros.

—¡Ya voy! —respondió madame M. con su recia voz argentina, empañada por las lágrimas, pero lo hizo de manera tan queda, que sólo yo pude oírla.

En aquel mismo instante, el corazón acabó por traicionarme e hizo afluir toda la sangre a mis mejillas. Al mismo tiempo, un beso ardoroso me abrasó los labios. Exhalé un grito y abrí los ojos, pero entonces cayó sobre ellos el pañuelo de gasa del día anterior, cual si madame M. deseara protegérmelos del sol. Segundos después había desaparecido. Yo no percibía sino el rumor de sus pasos, que se alejaban apresuradamente.

Cogí el pañuelo y lo besé, enajenado de alegría. Durante varios minutos estuve como loco. Con el aliento entrecortado, apoyándome de codos en la hierba, contemplé, inmóvil y como inconsciente, las colinas de los alrededores cubiertas de mieses; el río que las circundaba y que, en todo cuanto abarcaba la vista, serpenteaba entre otras colinas y aldeas que moteaban el horizonte bañado en luz; los bosques azules que parecían humear sobre una franja del cielo resplandeciente; y un dulce sosiego, que parecía emanar del solemne silencio del paisaje, serenó poco a poco mi alma inquieta. Me sentí aliviado y respiré con más libertad... Pero todo mi ser experimentó una vaga y suave nostalgia, producida, quizá, por la revelación de algo desconocido, por un presentimiento incierto. Mi atemorizado corazón, que latía de gozo, comenzó a adivinar algo tímidamente. Y de pronto sentí vacilar mi pecho, dolorido como si me lo taladrasen. Las lágrimas, lágrimas de dulzura, fluyeron de mis ojos. Me cubrí la cara con las manos y, temblando como una hoja, me entregué cautivo a la primera revelación de mi corazón, a la primera y todavía incierta madurez de mi naturaleza... Mi infancia terminó en aquel instante.

Dos horas después, cuando regresé a la casa, ya no encontré allí a madame M. Un suceso inesperado la había hecho marcharse a Moscú en compañía de su marido. Y nunca más la he vuelto a ver.